Pinsiaid o Bupur

PINSIAID O BUPUR
un o lyfrau CLC Gyf

Cyhoeddwyd gan Gymdeithas Lyfrau Ceredigion Gyf.,
Blwch Post 21, Yr Hen Gwfaint,
Ffordd Llanbadarn, Aberystwyth, Ceredigion SY23 1EY

Argraffiad Cymraeg cyntaf: Hydref 2004

ISBN 1-84512-022-1

Cyhoeddwyd gyntaf ym Mhrydain yn 2004 gan
Doubleday, gwasgnod gan Random House Children's Books
61–63 Uxbridge Road, Llundain W5 5SA

Teitl gwreiddiol: *A Pipkin of Pepper*

Hawlfraint © Helen Cooper, 2004
Dyluniwyd gan Ian Butterworth

Gosodwyd yn Cochin

Printed in China

i ANNIE EATON

Pinsiaid o Bupur

Helen Cooper

CYMDEITHAS LYFRAU CEREDIGION GYF

R oedd rhywbeth yn berwi yn yr hen gaban gwyn.
Beth oedd yn y crochan?

Cawl Pwmpen!

A wnaed gan y Gath a'r Wiwer a'r Hwyaden,
a oedd yn aros am yr union faint o halen
i wneud y cawl mwyaf blasus erioed . . .

ond . . .

"Dim halen ar ôl!" cwaciodd yr Hwyaden.
Gwir y gair.
Roedd y crochenyn yn *hollol* wag.
Doedd dim gronyn, heb sôn am binsiaid o halen
i'w roi yn y Cawl Pwmpen!
A fyddai'r cawl yn dal i flasu cystal?

NA!

"Dwi'n mynd i siopa," meddai'r Gath.

"O, plîs," begiodd yr Hwyaden. "Gad i mi ddod hefyd."

Ond ni fu'r Hwyaden yn y Ddinas o'r blaen,
ac roedd ganddi duedd i grwydro.

"Beth os ei di ar goll?" mewiodd y Gath.
"Wna i ddim!" crawciodd yr Hwyaden. "Ac os gwna i
mi ddeuda i wrth Gi Heddlu."

"Ddoi di byth o hyd i un!"
atebodd y Gath.

"Os byth yr ei di ar goll," meddai'r Wiwer,
"y peth gorau i'w wneud
yw aros yn dy unfan,
ac fe ddown ni o hyd i ti."

R oedd hi'n bryd dal y bws.
"Ga i ddod?" hewiodd yr Hwyaden. "Ga i?" meddai, gan

wingo,

a wiglo,

a siglo,

a swaeo,

nes i'r Gath, o'r diwedd, ddweud, "Iawn!

Os wyt ti'n addo dal yn dynn."

"Ac mi ddof innau,"
meddai'r Wiwer,
"a gafael ynoch chi."

Ond fe gododd y Ddinas ofn
ar yr Hwyaden.
Roedd y lle'n fawr iawn,
ac yn brysur iawn.
Syllodd ar y siopau
a'r tyrau,
a chwacian,
"Beth am brynu'r halen 'na a hel
ein traed am adref reit sydyn."

"Dal dy afael," meddai'r Wiwer.
"Dyw'r siop halen ddim yn bell o fan hyn."

Arweiniodd y Gath nhw heibio i
fwy o dyrau,
a mwy o siopau
a werthai bob un dim i bawb.
Cacennau, pwdinau,
penwaig, plygiau,
tapiau, tebotau,
pizza . . .

. . . a phupur . . .

Ac fe roddodd hynny syniad da i'r Hwyaden.

"Oni fyddai hi'n wych," murmurodd,
"pe baen ni'n prynu ychydig o bupur
i'r Cawl Pwmpen?

Mi fyddai'n blasu'n . . .

. . . hyfryd!"
cwaciodd.
"Gawn ni brynu peth?"

"Pupur?" gwichiodd y Wiwer.
"Does dim angen hwnnw arnon ni."

"Dacw'r siop halen," meddai'r Gath.
"Mae gynnon ni waith i'w wneud, a
dydyn ni ddim isio colli'r bws adref."

Y
POT PUPUR

Muntok Gwyn
Pupur Malabar
Pupur Pinc
Pupur Gwyrdd
Pupur Brenhinol
Pupur Hollt
Pupur Du
Pupur Coch
Pupur Chili
Pupur Melys
Pupur Enfys Hawaii
Pupur Cayenne
Pupur Jalapeno
Pupur Gwyn
Pimento

PINSIAID O BUPUR AR GYFER Y CAWL PWMPEN!

O nd doedd yr Hwyaden ddim hyd yn oed yn gwrando.
Roedd yn meddwl am bupur ar gyfer y Cawl Pwmpen.
"Tybed a fyddai un pinsiaid yn ddigon?" gofynnodd wrth droi . . .

. . . ond . . .

. . . roedd y lleill wedi mynd!

"Ar goll!"

cwaciodd yr Hwyaden.
"Dwi ar goll yn y Ddinas!"
A dyma hi'n ei heglu hi, heb feddwl i ble.

Y tu mewn i'r siop halen,
roedd y Gath a'r Wiwer
yn brysur yn prynu
cwdyn bychan o halen.
Sylwon nhw ddim
fod yr Hwyaden ar goll,
nes iddyn nhw orffen talu
a rhoi'r halen yn y bag.

"Ble gall hi fod?" mewiodd y Gath.
"Ym mhle gwelson ni hi ddiwethaf?"
sniffiodd y Wiwer.

"Wrth y siop bupur!"

gwaeddodd y ddau yr un pryd.

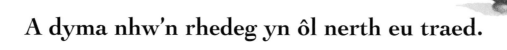

A dyma nhw'n rhedeg yn ôl nerth eu traed.

Ond roedd yr Hwyaden druan
ar goll yn y dorf.
 Allai hi ddim hyd yn oed ddod o hyd
i'r siop bupur erbyn hyn.

Trawodd yn erbyn Iâr Glwc.

"Wyt ti ar goll?" clwciodd yr Iâr.

"Ydw!" bloeddiodd yr Hwyaden.
"A fedra i ddim dod o hyd i
fy nghyfeillion."

"Ym mhle gwelest ti nhw ddiwethaf?"
holodd yr Iâr.

"Wrth y siop bupur," igiodd yr Hwyaden.
"Ac mi ddylwn i fod wedi aros yno nes
iddyn nhw ddod 'nôl . . .

. . . ond mi anghofiais."

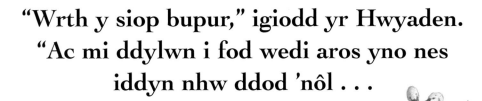

"Mi wn i am y siop," meddai'r Iâr.
"Ac fe allai fod y Ci Pupur wedi
eu gweld nhw. Tyd, awn ni i holi."

GOBEITHIO BOD
Y GATH A'R WIWER
WEDI AROS YN
YR UN LLE

"Cath a Gwiwer?" holodd y Ci Pupur.
"Maen nhw newydd adael."

"Wela i byth mohonyn nhw eto!"
llefodd yr Hwyaden.

Ac ni allai dim ei chysuro.

Dim diod hyd yn oed,

dim cacen hyd yn oed,

dim hyd yn oed pecyn o bupur.

MAE'N HOFFI'R PUPUR 'NA!

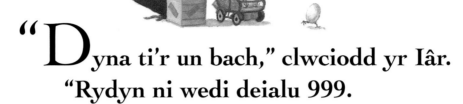

"Dyna ti'r un bach," clwciodd yr Iâr.
"Rydyn ni wedi deialu 999.
Unrhyw funud nawr fe ddôn nhw trwy'r drws 'na."
Ac ar y gair dyma chwe Chi Plismon, yn cario cyrn siarad,

pedwar Ci Tân cymwynasgar,

dau Lwynog (a benderfynodd beidio aros)

yn rhuthro trwy'r drws.

Ac . . .

O'R DIWEDD . . .

. . . y Gath a'r Wiwer. Roedd yr Hwyaden wrth ei bodd.
Doedd y Gath ddim yn flin, doedd y Wiwer ddim yn bigog,
er eu bod nhw wedi colli'r bws olaf adref.

"Pwy sy angen bws?" cwaciodd yr Hwyaden.
"Mae gynnon ni Gi Plismon i'n hedfan ni adref!"

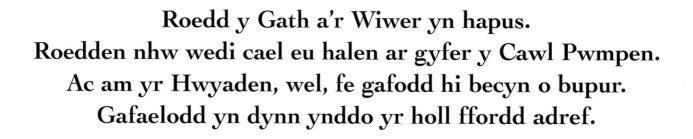

Roedd y Gath a'r Wiwer yn hapus.
Roedden nhw wedi cael eu halen ar gyfer y Cawl Pwmpen.
Ac am yr Hwyaden, wel, fe gafodd hi becyn o bupur.
Gafaelodd yn dynn ynddo yr holl ffordd adref.

G̲artref eto, yn yr hen gaban gwyn.
Cawl Pwmpen yn berwi yn y crochan.

A wnaed gan y Gath sy'n tafellu'r bwmpen,
a wnaed gan y Wiwer sy'n arllwys y dŵr,
a wnaed gan yr Hwyaden sy'n ychwanegu pinsiaid o halen a . . .

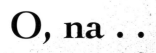

phinsiaid o bupur.

O, na . . .

pecyn o bupur!

A fyddai'r cawl

mor flasus ag erioed?

Wrth gwrs y byddai!